舒國治

憶楊德昌

舒國治 著

目次

初回台灣想拍片

我認識楊德昌於一九八一年。

有一天同學余為彥跟我說，他哥哥在美國認識的一個朋友，最近要回台灣，想要找機會拍電影。又說：「我哥哥說他很懂音樂，小時候也拉小提琴，攝影也拍得好。更重要的，他畫也畫得好，那種漫畫，根本是可以賣錢的！」

不久，這個人就出現了。他叫楊德昌。

那段時日，他偶會穿一件T shirt，上面印了三個他喜歡的導演名字。依稀記得是Herzog, Bresson, Kubrick。希望我沒記錯。

他在七十年代不知何時，在美國偶看了Herzog的電影，大為震撼，幾乎有點引為「改變他生命的人生轉捩經驗」。

有那麼一點、看了荷索的拍片方式、而在心底決定「我也想放棄我原本的工作與生活、而索性投身電影吧」那種強烈心念！

楊德昌和我們（我和余為彥）聊過，說他採訪過荷索，（應該是在美國），聊了頗久，其中荷索或有提及他少時完全生活在封閉之中，不知道外面的世界，不知道外面的人群，他是無邊無盡的孤獨…………後來，他或許是找到了電影，於是找到了光…………

大概是這類「人生之無邊封閉孤獨」極度的打動了同樣孤獨的楊德昌，所以，他說什麼也要丟開前半輩子那一套，而去追求那一道光——電影。

楊德昌聊荷索，說他聽聞Renoir病得極重，決心徒步從德國某處，一步一步走到巴黎，去探視Renoir。走著走著，有頗一大段路是雪地。

總之，荷索的堅毅，堅毅到近乎自虐，這一點楊德昌極為嚮往！

楊又聊到，荷索拍《天譴》（Aguirre: The Wrath of God）時與Klaus Kinski最後弄到水火不容。Kinski幾次威脅說，我不拍了！　有一次荷索說：「我隨身帶了一把手槍，如果你要離開不拍，最後，我只好拿出槍來，殺了你。然後，再殺我自己！」

那是亞馬遜流域的蠻荒絕地。所有工作人員都在長時的拍片下皆可能發瘋。

我們很多人都看過《天譴》，但手槍這段故事，我是聽楊德昌說的。

從他的時代找故事

楊德昌是如何找故事的？

楊德昌喜歡哪些人與哪些場景所構成的他安放攝影機的時機？

他一定不喜歡拍六十年代中影健康寫實那種情節，因為那可能太瘟了！　他似乎也不會對《聊齋》那種托寓鬼神故事有興趣。　乃那裏頭太多的「古代」，太多的現代中國人想當然耳的古代。

比方說他會拍《恐怖份子》那種台灣社會竟然警察會用槍緝兇、少女會身上藏刀在旅館會取之刺人…………，予我一種假想，假想他也愛嘗試法國式編劇法（例如前有Maurice Pialat，後有Luc Besson等）…………這種構思劇本法，有一段時間頗得他的喜歡。

但到了《牯嶺街少年殺人事件》，楊的民國風、半蘊藉半尖刻的自己人生最貼近的風格，於焉出現！

陳以文、殷玉龍披著橡膠雨衣，踏著三輪車，身藏武士刀緩緩自雨中騎來，然後動手…………這種有老台灣當年日本風、又有民國半文不文的警備工作人員唱《紅豆詞》之老中國朽氣腐意、路上有賣大餅饅頭的李龍禹…………這些才是楊德昌最善著墨的時代！

要探討楊德昌，最值得細細琢磨楊德昌的時代。

他的時代，充滿了他一看就要皺眉頭的事物。他的時代，充滿了他隨時要自顧自生起氣來的那些不堪。他的時代，太多的東西不合理（絕不只是學校裏動不動就體罰）…………這諸多的糟糕，後來往往是他創作的源泉。

他的時代，當然也非三言兩語可盡。自清末以來的積弱，於是有了所謂「中國人的自卑感」、有了留辮子戴瓜皮帽裹小腳等的中國人意象，再到了中國人有西洋生活情調，有徐樹錚、顧維鈞、王寵惠等的高帽禮服，有十里洋場的巍峨洋樓，有了李惠堂足球踢得老外也招架不住，有了古典音樂，有了像傅聰也彈得一手好鋼琴…………終於來到了自由中國的台灣。

楊德昌所見他兒童時少年時的台灣，終於是他尋找故事最佳的依歸。然這台灣，是多少蒼白少男少女苦樂同寄的一處所在！多少的嚮往、多少的等待、多少的暗暗迷戀、多少的不如人願…………那麼我楊德昌要選取哪一段來拍呢？

於是他拍了鄉下到城市不盡如意的少女的故事〈浮萍〉，拍了小女孩石安妮對成長的迷惑卻又期待（《光陰的故事》中的〈指望〉）。再拍了想一展才華追求創作遂不易嵌鑲在家庭的繆騫人（《恐怖份子》）。

他有一種依稀看到民國以來中國人的種種不如人、或台灣社會的處處是缺失的那種眼光。最主要的，他有一點察覺人的不快樂之可能因由——是錢的不夠多嗎？是人們離鄉背井到了新地方的諸多不適應嗎？是男孩不受女孩看得上眼嗎？是小孩能被師長與父母及同學的肯定嗎？是公司裏同事間有明爭暗鬥嗎？

這一切會不會根本都是國民自信心的徹底不足？也會不會根本是人類社會每幾百年自然會呈現的常態？

五十年代的情景。雜誌跟醬油一起販售。

最在意的，是愛情

他的時代，要聯考，學校裏有體罰，校外有鬥狠，社會上會浮現太保，但學英文有美爾頓補習班，成績若好家境又過得去便也可往美國留學。

馬路上有牛車，也有拉三輪車的，也常有軍車，雙十閱兵前連坦克車也一一集結。

賣「大餅——饅頭——豆沙包」的腳踏車，和磨菜刀修雨傘的、賣烤蕃薯的，在同樣的大街小巷出現。

這些是外在的景觀。人的內心呢？

小孩的內心呢？

小孩要如何成長呢？　如果學校的成績是小孩最重要的人生目標，那台灣的孩子太可憐了！

事實上，也的確是。

於是小孩也有憧憬，也有夢，最美的，是對愛情的嚮往。這可能是成長最大的希望，最大的價值。

其實，楊德昌的電影，全講的，是愛情。

而且這愛情，從孩子成長之時就萌發了。

所以當孩子仰望那些大姊姊、小姊姊，開始遐想愛是什麼奇妙的東西，這便是人生的真髓了。

楊德昌的電影人生大約是那樣。

〈指望〉裏的戴眼鏡小個子，和石安妮一起推著腳踏車。不就後來是《牯嶺街少年殺人事件》裏的小貓（王啟讚）嗎？

這些小孩，不久都會成為可以交女朋友的青年。但還未到來的那股「殷殷嚮往」，才是小孩心中的最美。

風土更不放過

除了愛情，沒想到他對「風土」的觀察，也頗詳盡。《牯》片其實也是一部民國社會在台灣的一頁縮影。

小四的媽媽（金燕玲）聽到鄰居收音機多是日本歌，會感嘆：「跟日本人打了八年仗，結果現在聽的，還是日本歌！」

張國柱被警備總部抓去問話，鄰室還有另外受審者屁股坐在冰塊上。問訊的職員，不當班時，彈起了風琴，居然自己唱起了《紅豆詞》（滴不盡相思血淚…………）。何怪異的民國職員低抑氣氛也！

中學裏的教官（胡翔評）會一逕找年輕女雇員聊他大陸上那些城鎮之優之舒服的滿腔「心懷故國」。此一段者，我三十多年前初看不甚當一回事；今日老來再看，哇，楊德昌是怎麼想到這樣的高超劇情！

或許也真只有在大陸出生過二年、又在美國待過十年的楊德昌，才會累蘊出這麼銳利的眼睛。

片子的尾聲，有聯考放榜的收音機聲音，一個一個學子的名字。我們都忘了多年的那種殷殷等待、那種緊張害怕的聽在耳裏的報幕聲腔。

這便是我說的風土。

可以說，他終於把他的時代（當然還有他的心聲）藉由《牯》片吐露了出來。

而我們這些過過那段歲月的當年孩子，感到簡直是太珍貴的重溫啊！

我曾在某篇小文中說過以下一句話：《牯》片加上宋存壽的《母親三十歲》再加上王文興的小說《家變》，是講敘台灣外省人的作品中的三大鉅構。

選角（在台灣，把男孩長成像樣，哇，不容易！）

所有的導演皆需費神找出他要的演員，來扮演他故事中的角色。

楊德昌年少時看到的女孩，他後來覺得誰可以扮演呢？

先是石安妮。她在〈浮萍〉中看姊姊的眼神。後來在〈指望〉（《光陰的故事》中的第二部）中還是石安妮。這次她挑了大樑。〈指望〉雖是短短一部片，在石安妮的表演史上，足可不朽。

她的眼睛大大的，有一點純真，但更可能潛藏著將來長大後的癡心。　乃這種神情，帶著一份拗。

這一類眼神，在我們那年代（如六十年代），比近二、三十年能看到的要多得多！

這樣的小女孩，若長到高中了，則會是《一一》裏面在北一女念書的婷婷。　楊德昌的鏡頭特別會捕捉到這種東西。難怪侯孝賢說「楊德昌的鏡頭會拍到女人微妙的情思，我的鏡頭就不懂女性。　我拍的都是男性的莽撞。」

而少女長大變壞了，會離家出走了，會在社會上闖江湖了，那會是《恐怖份子》裏的王安嗎？　她會忍住心中傷怨，仍設法求生釣凱子，也會藏著小刀必要時刺人，但獨處時，臉上永遠有一襲自憐。

演媽媽的，總是金燕玲。他三番五次的總要到香港把金燕玲找回台灣演戲。路途遙遠，他也堅持要她。

只能猜想，楊德昌小時所見眾多外省媽媽長相，當他後日要拍片了，這樣的媽媽找誰呢？他東看西尋，大約金燕玲最貼近也！

五十年代國片的女明星，楊德昌常會説到一個人，尤敏。這是楊德昌於女性審美上所呈現的一抹。（難怪《牯》片中機車行牆面有一張海報，是尤敏演的《無語問蒼天》）

男演員，則不容易。這就像我也常掛在嘴邊的那句話：「在台灣，像樣的女孩子，要找同樣像樣的男孩子，哇，還真

右上角的《無語問蒼天》電影海報。

不容易啊。」

楊德昌絕對在找完女角色後，當再要找男角時，就感到困難了！

這是我的觀察。我從沒和他聊過。但經過了這幾十年，我想我的想法應該沒錯。

台灣男孩子的成長，真是一頁慘澹的歷史。他要如何自我茁壯，如何把球打得還可以（籃球以及撞球），不用去做太保，但遇到事時仍可以很帶種…………他碰到心儀的女孩子仍可以很自信又很坦然大方（然多少人照樣會自慚形穢感到自卑！），無須要什麼心機…………

台灣男孩子要像樣，他媽的，太難了啊！

英文之要求（莫不也是「西學」「理性思辨」之自期？）

他和所有民國有志青年一樣，於英文之下工夫，有相當的期許。

哪怕是學理工的，當年愛英文寫作的、愛翻譯英詩的（在MIT深造、翻譯《魯拜集》的黃克孫只是一例），多不勝數。

楊德昌也愛把英文鍛鍊好。

這當然有一點民國式對「士」之要求標準。好像人人要對國際事務接軌，更好有期許自己必要時能盡到小小外交人才之可能重任，那麼一種味道。

於是，這樣的知識份子，在中華民國太多太多。不只是已經在外交崗位上的葉公超、楊西崑、錢復等，不只是擔任新聞局工作的魏景蒙、宋楚瑜，也不只是學有專精既是工程師又是世界局勢分析家的林中斌等，太多太多。

而楊德昌，也是這種時代下的傑出一員。

英文之操使，令人用另一種描述將原本你本國語言所敘之事由，換一股方式表達出。有時，它更透徹，或者，更有力。

這就像，很多時候電影故事大綱，用中文寫完，感到很平、很單乏；如用英文再寫一次，哇，馬上精神奕奕起來！

楊德昌心中的英文，做的事便大約如此。如果你中國菜很好，那用二分鐘的英文描述給老外聽，老外聽後眼睛一亮，欣喜不已，這就是溝通，這就是跨越。

就如同，你懂了外國的東西，應該看得透你本國原本的缺失。

英文的功能，也該如此！

這是我揣想楊德昌性格中的英文觀。雖我和他沒聊過英文。

一九九一年東京影展，他上台說話，旁邊有日文翻譯，再有一位英文翻譯。他兩三句說完，先口譯日文，接著另一位再口譯英文。他聽了英文的口譯，皺起眉頭，幾句弄下來，楊

楊德昌上台領獎。

1991年的東京影展。黑澤明在某一座談的會場。

導愈聽愈不對，乾脆自己來譯。也就是，他說完中文，然後自己再說英文，接著口譯者譯成日文。

可見他很執拗。當然，來自他的求是求實。求是求實，造成他跟社會也常常格格不入。所謂的格格不入，常是他站在高處，所看到的周遭竟是如此不堪入他眼。

他一眼就看出他們的缺失，他們的低劣。

而他不想用「溫厚」的態度來放過他們。他們怎麼不對，他就怎麼指出！

他往往就出口相責了。

再說一件英文的事。

一九九一年《牯》片在東京影展拿下銀獎，完了便有一個小型餐會，大約有個十多人，主要是參展的台灣工作人員，也有兩三個老外。忽然需要楊導說幾句話了，他便站起來，要講話了。這時他看到有老外賓客，他就說：「我來講，舒哥，你幫我翻成英文。」我當然只好照做。他說個一兩句，我就翻個一兩句。有時候句子長一點，他講完稍停，我便翻。二、三十句後，總算翻完了。

我後來想，哇，這是楊德昌的外交觀。他是由台灣出來參展的，開口用本國的中文來致詞，最是適合。他假如自己講英文，那對在座的本國人便失了禮儀。假如他中文講完，自己譯英文，又太不莊重。最有意思的，他找一個也是台灣的人來翻譯，找了我，老實說英文不是母語，不是最理想的英文操使者；然他沒找也坐在席間的從小念美國學校、並留學耶魯大學的黎明柔來譯。我想了一下，乃他要「土生土長」的我所說出的英語來擔任這件事情。這一來是他的外交觀，二來更是他掌握全局的導演先天眼界也！

「怎麼能受老外歧視」的潛意識

楊德昌的中國／外國觀，應該也值得探討一下。

二〇一七年，我受邀去法國參加幾個跟「台北」主題有關的書展，巴文中心幫忙訂了一間左岸的小旅館，（叫 Hotel Raspail，斜對面是蒙巴那斯墓園 Cimetière du Montparnasse）。某日下樓，櫃臺值夜班的年輕人跟我打招呼，後來得知我來自台灣，極度興奮。他說：「台灣我去過。因為《一一》。你看，我還拍了不少照片！」便示我他電腦裏的辛亥路婷婷家樓下街景。

這只是點出，楊德昌在歐美藝術電影影迷中

受景仰的程度。

其實更早前楊德昌在言談中會聊到：「政府一直在講文化，在講把台灣走出去，在講讓世界看到台灣。老實說，我們才是做了一些讓台灣被老外知道呢！」因為他（還有侯孝賢）從更早些時參加歐洲小影展（南特、盧卡諾、聖賽巴斯提安等）開始，就已受到老外的注目與熟識（並問及台灣在哪裏等），不論是評審、是主席、是影評人、是影史家、是電影同行，或是來觀片的觀眾。

故而楊德昌很知道，在歐美人心目中，作為一個台灣電影人，是怎麼樣的一種人生身份。

一九九六年二月，《麻將》參加柏林影展時，某日在飯店的大廳，我們幾個人從外面進來（我們住東柏林，楊導被大會安排住西柏林），看見楊德昌坐在沙發上，眼中像是冒出火來，很狠毒的瞪向一個地方。我和余為彥往他瞪的方向看，原來有一個老外。大約是這老外在前幾秒鐘用一種極為歧視或極為鄙夷的眼神看向他這個亞洲人，且看得很肆無忌憚的那種方式。那種看法，有點像用眼睛說出「你們Chink到這裏來幹嘛？快滾才對！」的這種惡劣。

不知道這老外是影展常客抑是初次出現，總之，楊德昌察覺後再回過去的惡瞄，幾乎像說「怎麼樣？要不要出來單挑？」一般。

這就是楊德昌。

所以他拍的片子，雖沒有抗日片那些，他的成長和他的教育，絕對和一百多年來中國之受列強欺凌、華人之自卑、國家之積弱…………繼而你自己根本應當腰桿挺直做個漢子等十分有關係！

香港的華洋共鎔，他也欣賞

一九九七年，香港不久就要回歸。故在更早之前約半年，「進念·二十面體」的主持者榮念曾邀請楊德昌到香港執導一齣舞台劇。楊導便拉了兩個既是學生又是他副導並且也是他的演員的年輕人，陳以文與王維明去到香港排戲。

我從九二、九三起，就很喜歡香港市容的雄奇及市面上的豐富，每年都會去深遊個一、兩次，並有意在九七之前來寫個一本小書什麼的（結果疏懶如我，當然沒成，只成了一篇參加華航旅行文學獎的小文〈香港獨遊〉），這年（大約是九六年後段）也恰好在香港玩（香港便因為有西方文明之錘鍊，諸多東西看在我台人眼裏很感驚嘆）。得知他們在排戲，也和他們碰面了。尤其是晚上排戲的工作結束，大夥會找一個地方喝東西聊天，有一個小學者模樣的年輕人非常熱情，非常有談興，也常常陪著台灣來的電影人聊天、抽菸、談文論藝。這個人，叫梁文道。他剪著極短的頭髮，戴一副眼鏡，不過二十五、六歲，像個書呆子，沒想到接下來的幾年，愈發累積了極深厚的閱讀與思辯，遂寫出了精采絕倫、多之又多的好文章！甚至用他言簡意賅的念白，在電視上分析時論，最教人激賞的，是他的「談書」節目。在兩岸三地，迷倒了無數的讀者！

這齣戲稍告一段落時，某日我因「漢雅軒」畫廊老闆張頌仁之邀，將去中國銀行老樓樓頂的「中國會」玩，便順便邀了楊德昌、陳以文、王維明以及是否還有余為彥等共六、七人之譜，來到中國會。

「中國會」的裝潢，是鄧永鏘（David Teng）的傑作。據張頌仁講，鄧幼年家裏的半粵又半洋的華南鄉紳建築，原是他平素生活之所在。那種美感質地，早就在身旁熏染，他又留英，見多識廣，遂將「中國會」揮灑得大方豪放。

說了這麼多，主要道出，楊德昌那段時期不知是舞台劇弄完於是心情輕鬆，再加上人在異鄉（不在台北，有跳脱出來的那股閒適）看到鑽入他眼的「中國會」的各樓層、各空間之好設計（香港不少地方透露出的洋式體格、加上老中國的暗色沉甸甸檀木裝潢，早就是我等在台華人頗感高明也羨慕的景態。陸羽茶樓只是明顯之例），或更加上我們這幾個人你一言、我一語盡是笑語如珠…………他整個人相當放鬆愉快。突然走到某一空間，有一個捧著專業相機的攝影家，和張頌仁招手打招呼，張說，「我跟你介紹台灣來的朋友，這是誰，這是誰，這是誰…………」這攝影家不知道認識不認識楊德昌何許人。我們並不知道。但他突提議「我可以幫你們拍一張照片嗎？」我沒想到楊導一口就答應了。攝影師拍了一兩張，又建議我們這一排人，「我喊一、二、三、跳！你們就跳起來好嗎？」我們也照做了。結果拍出來似乎蠻好的。

大家一起往上跳，他是香港的 Richard Avedon 嗎？

書法

回到台灣後，楊德昌有一天到我家找我。主要是過幾天他的妹妹要到亞洲，會在香港小停，他問我張頌仁還能引薦人進「中國會」參觀嗎？我說，應該不成問題吧，我來給他打電話！

坐著聊了一下，楊德昌看到我桌上散放著前些日子隨手寫的幾十張毛筆字，哇，這一下感慨莫名。他說，他一直很想再重拾小時候被督促寫大字寫小字的這件鍛鍊！這種看到毛筆字，馬上全神貫注，盯著有些筆劃細細端詳，甚至還在心裏面自己揣摩這筆怎麼撇、那筆怎麼鉤的，還有另一個大導演，侯孝賢。

有些傳統美學，說什麼也會抓住某個年代的藝術人！就像是他們的母奶一樣。

我知道這種感覺。毛筆字是所有民國小孩的舊識。

一九九七年，是我自六十年代底高中畢業後就再也沒拿過毛筆後、第一次再開始磨墨寫字的一年。而沒寫多少張，就被楊德昌瞧見、甚至勾起了他心中思想該不該再拾那擱下多年武功的興致！

楊德昌的美感養成，有建築的，有英文的，有音樂的，有漫畫的，有毛筆字的。我只就我看到的，稍稍一談。

建築只是其一，整個台灣都該審視

總有至少十年以前了，某次建築師林洲民和我閒聊到電影，說他極喜歡楊德昌的電影。我認識洲民早在七十年代中期，亦知他自己亦差一點想去UCLA念電影。但最終還是去了紐約的哥倫比亞念他的本科建築。他和我說到楊德昌電影之佳時，我其實很想說但沒說出口以下之話：「洲民，你對建築雄心萬丈，但台灣建築要好，要能讓外國人一眼就驚艷，隨之愈看愈震撼，這就是台灣建築出頭的時刻，也是『台灣建築好』終於成形了。就像侯孝賢、楊德昌他們拍的台灣電影一樣。

如今，在外國，台灣電影已被讚賞認可了；

台灣建築要能如此，才行啊！」

這句話，我一直不敢對洲民說出口。

至於建築，我那刻薄的嘴巴，在不少比較自在、比較可以亂扯的場合（像同鄭在東、張頌仁聊天）是常不留情面的。

而楊德昌看待建築，尤其他身邊的台灣建築，他一定有他的想法。　　只是我沒聽他講過。

以下這種句子，若是他講，看來是會出口的：

「你去看看他們的這些建築，為彥，假如我們自己的家要設計，我們絕對不敢找他們來弄！」

我絕對相信楊德昌會說那樣的話。

倒不是台灣建築不行，是——台灣不行。

這種所謂的台灣不行，呈現在馬路上，那就像馬路鋪不平，以及人行道的地磚腳踩下會濺出水來。呈現在公園上，那就是公園設計得不行。呈現在餐館裡煮的白飯，那就是飯煮得不行（君不見凡台人去到日本，每一頓日本店裏煮出的飯都讚不絕口）。呈現在橋樑上，那就是像台北橋、中山橋、中正橋、光復橋等都還沒有日據時所建來得好。呈現在教育上，常就是大家習說的教育不行……於是呈現在台灣建築上，那麼建築不行有什麼好奇怪呢？

而台灣的有識之士，歷年來早就是這麼樣「籠統」的看待台灣了。絕不只是五六十年前何凡寫「玻璃墊上」那類有針砭的觀察而已啊。

所以對台灣整體世道的世故又嚴苛之審視，常常已然像做作品了。楊德昌有這麼一點下筆墨的習慣。

他喜歡講「台灣缺的，是critical的意見！」「任何事情，要有人看出哪裏哪裏不對。」「客觀聲音應該一直被聽到。」

我從沒聽他聊過政治。我自己也是個完全不懂政治的少年、青年、一直到中年。以上他那些見解，多半表達於文教上。

猶記九十年代某年選總統，執政黨推出的是李登輝，那年楊德昌某次迸出一句話：「我選彭明敏！」

至今我仍記得他的這句話。但其他的政治言論，一點也沒聽過。

說了這麼多，台灣建築師不是行不行的問題，是他們想不想、敢不敢去傾向像楊德昌如此瘋狂、如此強烈，踢翻前面那些他深不以為然的周遭？　他很愛強調下工夫的重要，最常說的一句話：「沒有誰比誰聰明，只有誰比誰不懶惰！」

那麼凡是能看透台灣表象之不堪、能不人云亦云的做自己，又敢於做出近似革命的手筆的，這就是「台灣有意思的地方」了。

而楊德昌呢，一直在留意這樣「台灣有意思的地方」。只是，常常為了這件期待、為了這件打造，弄得他和周遭成了劍拔弩張！

前面說的房子不敢讓外頭建築師設計之例，生活中其實太多。來講一個楊惠姍剪頭髮之例。

六十歲以後的楊惠姍，人誇她頭髮好看，她說：「我自己拿了剪刀剪的。」人道：「哇，自己剪，這麼厲害？」她淡淡說：「找人剪，她怎麼會知道你心中想變成什麼樣子？」

楊惠姍說，人到了有些年紀以後，更看到本質的東西。而不是外頭專業技匠看到外圍雜項。「我一眼就看到自己頭髮那十幾二十刀就該完成我要的樣子。」「如果讓剪髮師來剪，她繞在外頭東剪剪西剪剪的高超剪技，並沒觸探到核心。」「這頭髮，是你最近半年或三年的身心呈現。」

「剪髮師要能揣摩出你的這一小段生命狀態，豈不是太苛求她了？」「絕不是她的手藝不行。」

我也常跟著道：「做菜也是如此。很多名館都是繞在外頭做的。不去考慮核心之事。核心就是我們要吃進肚子這一回事。」

余為彥的衣服亦然。將近二十年前，余已開始感到不怎麼容易挑到自己合意的衣服了。後來正因在上海工作，恰好如魚得水，索性選料子、自己設計、找裁縫做，做出既便宜又合乎自己想的簡中有巧，並且個人的穿著。

他們都是楊德昌閒聊生活上審美的好朋友。

余為彥做了很長時間的製片，但其實早在八十年代末九十年代初自己導了《童黨萬歲》、《月光少年》兩部深受電影人（包括國外影評人）讚賞的片子。而在不拍片的生活中，他的美學高段除了口唸順口溜、喜歡設計把湖南菜與義大利菜融於一爐之外，便是表現在衣服的設計上了。可以說那是他自六十年代做私立中學（大華中學）的初中生起並同當時的搖滾樂就薰陶出的審美習尚。

這種美學，很難一兩句話說得清楚。但從十多歲少年穿的到七十多歲老紳士穿的，在我所謂的「後民國」的台灣，究竟該是什麼樣子的襯衫、褲子、夾克、西裝之世故剪裁。再配上何種皮鞋：是半長筒抑是平底，是翻毛皮抑是光滑面；不管是張震來穿或是張國柱來穿；是苗子傑來穿或是游士賢來穿或是陳昌仁來穿；是山西人穿上，是上海人穿上，是香港人穿上，或是台北人穿上；並同西方人一起走在紐約街頭，都要吸引得到全世界人的眼光，也完全不比西方人遜色！以我所見，余為彥會考量的，最豐富老成！

而余為彥自己也畫漫畫。他是最有資格和楊德昌聊手塚治虫、聊中國式卡通造型的人。

余曾經說過，手塚治虫後來未必在筆調上多麼厲害；倒是他的多不勝數、天馬行空念頭最厲害！像手塚對於宇宙的想像力，對於古代求道者如佛陀的遐思，對於近代歐洲會弄出世界大戰的那些政治家之目光如炬的透視，對於歷史的觀察與鋭利分析等等，簡直是一個嚴峻又深沉的全才。

這些事，我都不懂。我相信余為彥只能跟楊德昌聊。

余為彥觀察，手塚治虫、庫柏力克、和楊德昌，這三個人都有某一種相同的「對周遭嚴厲的火氣」。

憤世嫉俗，遂擔任了上帝的工作

人在養成中，總期許自己愈來愈上進。或許楊導的家庭與他幼年、少年求學的過程大約茁壯他的這種自我要求。

後來他經由藝術的愛好、經由分析社會的諸多冷眼審看、經由測度人在天地之間何以自處、甚至經由測度台灣人在中西社會中何以完成自我…………終於他發展出他的做電影與處世的風格！

他來自相對優裕（還不至富貴）的公務員家庭，幼年時的台灣社會組成，他必然會看到另外的階層，有軍眷子弟的，有做小買賣的，有踩三輪車的，有在機關裏做工友的，有在政府高層任高位的，有準備離開太保的狀態去投考軍校的……自然他知道此種雖然大致「均貧」卻各階層實亦有高低之差異的社會面。

但會或許一直到了國外，在慢慢沉吟蘊思、終才知道他少年時台灣社會的特有風情，也或許唯有電影能朦朧抓住稍稍幾絲的過往教人難忘之滋味。

他愈是把他各時代台灣階層穿透的審看，愈是培養出那雙銳利不饒人的眼光。同時他自己無形中便愈發孤高了。而外人視他，則是愈發憤世嫉俗了！

此種「不如他意」，遂造成外面說的「楊德昌愛發脾氣」、「他怎麼都那麼憤怒」等意見。

有時他的過於世故之透視力，造成他看到的人事物像是隨時會遭到他的責罵似的。而這種看透，一次又一次的看透，竟使他不自禁的在那一當兒扮演了法官或上帝的角色，對那犯罪的對象做出了嚴正的懲罰！

《一一》沒令之在台灣上片，莫不像是一種懲罰？

他在多年的構思故事、觀察世情、論析社會的創作習慣下，加上他從小看到的中華民國社會，不管是美學面（世面上的藝文如此不漸上層樓、文化人的如此不稱頭、國片更是太落後了、馬路上的建築醜惡、國民的氣象完全不呈現雄壯……………），不管是教育面，不管是社會公平面，不管是人種的提升面……………諸多之不入眼，太多太多，他觀察愈多，分析愈多，就心中不以為然愈多。他四、五十歲後更是強烈的憤世嫉俗！尤其與我初識他，當時他三十四、五歲，整個人笑瞇瞇的，偶還有傻呼呼笑容的，太不一樣了！

生活與工作（吃飯　穿衣　弄工作室　住屋）

現在台灣聊吃的，多了。聊美食的，更是極多。我和楊德昌從沒聊過吃。以我所見到的他，不怎麼和吃有關係。我幾乎沒什麼和他同桌吃飯的印象。張藝謀來台，到他工作室拜訪，楊導問我，等下晚飯找哪家館子吃好些？我問：「是不是有包廂比較好些？」他說對對對。我隨口說「淞園你看行嗎？」他馬上說：最好！

這頓飯我有印象。其他我都沒印象。柏林影展時，大夥會偶去「老友記」吃吃廣東菜，我和他必定也一起吃過，但吃些何種美味、哪些菜如何如何，我完全沒記住。

可見他沒把心思放在吃上。

甚至我也完全沒見他在工作室突然弄上一碗泡麵什麼的。

有時早上他會抓著一個蘋果，背著背包，就進工作室，準備做事。

這是他的進食方式。蘋果。主要是書桌前的做事，做了一段了，那麼該進點食了，也有，就是蘋果。

參加朋友婚宴的飯桌。這張照片出土之前，我完全沒有印象。（余為彥提供）
後排左起：陳以文、王維明、楊德昌、余為彥、舒國治、張培仁、張震、王也民。

八十年代末，九十年代初。「談話頭」這餐館生意興旺，股票也漲至高點，許多人坐下點菜，一點就是四、五個菜。楊德昌常過了晚飯時間，一個人走進來，他要迅速的把飯給吃了，最喜歡叫上一碗「無錫排骨飯」。他因常這麼點，又和老闆向子龍熟，後來他跟向子龍點這一道飯，皆用開玩笑口氣，說：「給我一碗狗飯。」乃一個中型碗上，鋪排了幾塊帶骨頭的肉，旁邊有些青菜，下面墊著飯，家庭中餵狗，也可能是這一模樣！故楊德昌他和極貼身極熟的人會用上的自家幫派式用語，狗飯，便是帶著這種樂趣！

抓一個蘋果去上班，這種動作，有些美國大學生活的情狀。就像楊導用原子筆記東西，筆帽拔下來，就咬在嘴上，兩手皆可同時做事。

這也是美國模樣。

同樣的，他的穿著，也屬於這一路思維。這思維，在於「有效率」、「寫實」或「現代」。

我近二十年很常講「泡茶絕不用穿上茶人服」「打太極拳沒穿唐裝，照樣可以好看」這類我的「穿著觀」。這些我也從沒和楊德昌聊天過。但我相信他也多半是如此。

乃我們的年代，雖有「現代唐裝」也被發明，但更有不少人更樂意沿用「簡略卻現代」之版。

說到服裝。有一次他和余為彥說，他看了一張小關（關傳雍）他爸爸（關德懋）早年（二〇、三十年代）留德時的照片。

楊德昌說，他穿西裝的那種儀態，以及西裝的剪裁，他馬！根本就是Armani可以製版的原型嘛！

楊德昌自己也穿西裝，穿得很簡化，很casual，有美國大學校園的那種西裝套在T shirt外面的穿法。並且下頭配的，常是牛仔褲。

《牯》片後期，也愛穿美式印著籃球隊名字的亮面夾克，頭戴棒球帽。

那是他人生最意氣風發的歲月。不只是創作的文思泉湧，生活面也爽颯勇猛有精神。

這時的他，被日本的太陽雜誌拍了一張照片，登在封面，這本雜誌（是別冊嗎？）我後來遊日本，偶想可以為證。

到，想在舊書店買，卻沒有一次見過。頗遺憾。

應該是，沒有人把這本書賣到舊書店。

一九九〇年十二月我一從美國回來，就近距離參觀了《牯》片的拍攝過程。九一年某時，李安要從紐約回來一下，我那時很迷墨西哥牛仔愛圍在脖子上的「領巾」(bandana)，覺得《牯》片那麼多桀傲少年加上動力十足的製片工作人員，不時揮汗工作，可以大家有樂趣的戴上一條，脖子上或包在頭上都可以，遂建議楊德昌與余為彥，說我可以麻煩李安回來時先去幫我們買個幾十條(一條似是二．九九美金)，帶回台灣來。後來真辦了。不久《牯》片的不少大大小小人眾，便隨時有穿戴的人了。尤其像副導演蔡國輝，個子高又挺拔，戴在身上最顯帥氣。

我說的楊導的「意興風發之時期」，便此指也。而這時候的工作室，是《牯》片開拍前不久，「花吃店」老闆周慧玲找到光復南路三五〇巷(已拆，改建大樓)的二層樓六十年代所建排屋住家，跟楊德昌聊起，楊一看，說，我來租吧，遂成為他的公司，日後有好幾年在這裏度過了他輝煌又快樂的創作歲月。

剛才說的劇組同仁皆有bandana可供打扮，全公司像是一個自己的幫派似的。楊德昌遂設計了一款名片，公司名稱叫Yang & His Gang, filmmakers。中文名：楊德昌電影工作室。

光復南路，八十年代初就是唱片公司的喜愛駐紮之區。滾石唱片的二九〇巷，可登唱片的忠孝東路四段二一六巷，飛鷹唱片的安和路八十八巷等，皆在附近。

《牯》的場景與角色極多，楊德昌就用大張的白紙，好幾張接在一起，貼在牆上，上面畫了格子與線條，格子裏密密

連我也不時在工作室，抽上一根菸。（1991年）

麻麻寫著第幾場、場景名（如小四家、冰果室、教室、訓導室、彈子房、馬司令家…………）、登場人物、該場故事梗概、備用器材、工作人員…………令製片組、導演組等全可在牆上一目瞭然。

這種注重精準結構的工作法，看來很受楊導的喜歡。甚至在構思與繪製這種細而精密表格時，就已很嗨了。

光復南路這工作室，幾乎是拍片人理想的工作室了。當然，它不大，但也不小。楊德昌稍做打通，令之開朗簡潔，又在幽幽死巷子裏，這諸多條件，楊德昌用它，最是恰恰理想。牆上貼的大張工作表格，每天早上由此出發往拍片現場，機器、道具抬上抬下，每晚再由拍片點回返這裏…………莫非他像是把它使用成小型而土法（卻照樣精密）的 Norman

Foster為建香港滙豐銀行的袖珍版建築事務所那樣嗎？

說到建築。我從未和他聊過建築。後來報導中不少言及他原先也有意修習建築云云。然在我和他過從中倒並不知此事。

而看起來，他倒也可以是一個建築型的人。我們那時還抽菸，王維明有一次和我說及一事，說楊導會把一個硬殼的Parliament紙盒拆解開來，說，這是一片整張的硬紙板，它只在其中裁切幾刀，只棄掉幾絲絲邊界，其餘折起來，便是如此有機的一個香菸盒，你看，結構上的巧思，多麼厲害！這是他在藝術學院和學生上課時說的例子。

再說回建築。他自己的家，裝修時，他也會弄出自己大約喜歡的樣子。當然，不花太多錢的。簡約的。

有一種建材，我們都忘了很多年了，他拿來用。是不透明卻能透光的方型玻璃磚，大約二十公分平方的大小。他喜歡把這種正方玻璃磚安裝在某面牆上。只裝設一小部份的牆面，如四分之一什麼的，其餘還是水泥，這麼一來，令此牆不至太「死」、不至太密閉。也同時令這牆有了些許光線。但它還是牆，不是窗。

這或許是他的想法。我沒問過他。

他必然有太多的空間上之想法。因為電影之取鏡，原本就繫乎鏡頭下的空間。而這空間，原是建築要計較之事。

若說楊德昌是頗建築的，那絕對是。但我要說，他有了電影，這些都可以暫時擱下了。

為了專注於電影，他太多才華或太多興趣，他絕對甘願擱下！

漫畫只是其一。

但說擱下，還真不容易。好比說，海報設計，楊德昌絕對想自己來弄。拍片時的美術設計，或某場景的陳設，做導演的必然想自己也動動手。甚至攝影，多少導演都想自己也拿一台攝影機，同時也拍。但哪怕你有這些諸多才華，也一定要自己決定：擱下擱下擱下！

為了專注「導演」一職，你只有擱下！

一九九四年東京影展，特別把展場移到京都去辦，乃為了紀念京都建城一千兩百年。《獨立時代》也來參展。我呢原本就已在京都遊玩了。

主辦方將楊德昌安排在某個西洋Hotel，五星級之類的。另外將七、八個此片的工作人員安排在東山山腳下的某個日式傳統旅館裏。安排好了，楊導就到這旅館來探看一下他們住的地方。一打開門，有小院子，再幾步路，有玄關，頓時一股老日子的鄉風就浮現了。再一進到室內，紙門橫移，哇，全是榻榻米的一大間通鋪。他馬上脱口：「我跟你們換！我來住這裏吧。」

這種反應，太自然了。

當然，後來他還是下榻在他的洋式Hotel裏。然這種對日本木造房子一眼看到就想馬上躺趴上去如小孩一樣的先天感情，是多麼的本能，多麼的屬於原就於六、七十年前在台灣住過日本房子之人必然的鄉愁啊！

那一天我也在。我也想看看他們住哪裏。看完，離開那裏，我們就各自去別地方了。隔了好些年，我又遊過京都好多好多次了，甚至把京都的街街巷巷窺探得透徹之極了，有一條小路我總覺得熟悉，並且我很愛走，乃它很幽美。突然我覺得某一個門牆是不是我來過？哇，這一下子，人整個激動起來！

這條小路，叫石塀小路。這家他們下榻的旅館是哪一家呢？我覺得應該像我心中想的那家！我遂跟余為彥問：「一九九四年在京都那次的東京影展，他們《獨立時代》一群年輕人住的日本式榻榻米旅館，名字會不會是『田舍亭』？」

余為彥道：「嗯，好像是噢。」

田舍亭我自己沒住過。它後來成為名店。就像俵屋、柊家、炭屋、黑澤明不時下榻的石原等一樣。我全沒住過。

我住的都是離火車站近的、一晚四千五百日幣的、主人養了一隻貓的、座落在不明門通上的「藤家」。

楊德昌對日本房子的不能忘情。
圖中是《牯》片張盈眞在的診所。

　尤其是日式診所的進門處那種肅穆感。
《海灘的一天》的診所，出現也頗有。

八十年代的左右逢源

八十年代末的台北，不知怎麼，楊德昌似乎看到了他認為最親切熟悉、最左右逢源、最似曾相識、卻又可能最是稍縱即逝的諸多景致與物件。這或許令他生出想好好把它們派上用場的念頭。

八十年代末、九十年代初，又剛好出現了幾個很愛鑽巷弄、很會欣賞老公寓，又很敢將之開成風格小店鋪的「美術根基頗具備」之自我創店的實踐者。其中最著的，是開「花吃店」的周慧玲與開「布貓」的廖宇鵬。

「花吃店」（東豐街六十一號）某日走進一個小女孩，是自美返台探看親戚的Lisa（楊靜怡）。周慧玲看見她，直覺這張臉孔、這雙眼神…………應該趕快告知楊德昌。她應該會是楊德昌的角色。不管是哪個角色。

果然，楊德昌見了Lisa後，遂找她演出《牯嶺街》中的小明！

其實早在八十年代初，楊德昌快要做電影時，運氣便極好了。

先是《十一個女人》這一系列電視電影要開拍，使不少新導演開始了拍片之起步。楊導是其中的一員。

他將要改編的那篇小說是《浮萍》。就這麼開始寫劇本了。

大概是寫好了第二稿，楊德昌希望我看一看，給一點意見什麼的。然後約一個星期後某一天在明星咖啡館碰面。結果那天我睡過頭，趕去明星，他已走了。(那時我還沒裝電話，所以他也沒法打電話叫醒我)

楊的劇本，每寫完一次，送出去，張艾嘉會拿到打字行，打成劇本。過不久，楊德昌又想到什麼，於是又改寫。每次改寫完，張艾嘉就再送去打一次字。結果不知是改了五、六稿，抑是七稿，也就是，打字本就有那麼多本！

這也造成〈浮萍〉最後要拍成二集來播。因為愈寫愈長了。而有這麼一個監製張艾嘉，竟願意順著這一個新人。所以，張艾嘉怎麼不是一個貴人！

《十一個女人》的後製期間，也浮出了一個高手，叫束連元，大家都叫他阿束，安安靜靜的，不多說話。他在剪接眾部影片中，有一次提到，說喜歡〈浮萍〉這部片。

阿束的安靜不語，加上如同躲在冷清剪接室以剪片來修道那種特殊氣質，其實已隱隱點出不久之後台灣的社會馬上要迎接那了不起的「台灣新電影」運動也！

《一九〇五的冬天》之重要淵源

如果電影史家將來要寫楊德昌的拍片史，那麼《十一個女人》中的〈浮萍〉與《光陰的故事》中的〈指望〉，是他早期很重要的作品沒錯；但更早的《一九〇五的冬天》，也值得提一提。

這部片的導演，叫余為政。楊德昌從美國毅然回來拍片，和余為政深有關係。固然一個人要決定回國，多半是自己最終之念；但強力慫恿，也產生極大的動能。

余為政年輕時在日本及美國、加拿大都留學過，可說見多識廣，又因家中父母原就是藝文的嗜樂之士（余的父親五十年代初在香港北角開辦「蘭心照相館」，一九五四年宋淇夫婦領了一位女作家，到館拍了一幀照片。結果這張相片傳遍遐邇。女作家叫張愛玲。拍攝者便是余為政的父親，余濱生），養成他從小不管是漫畫或電影，極銳利的眼光與品味。當然楊德昌的多項不太展露的才華，余為政當年一眼就看出來。

加上余為政的快人快語對台港拍片處境的印象鮮明分析與針砭，很快打動了當年習慣含笑不語、總喜聽人講話的楊德昌。

總之，楊德昌終於回到台灣，相當相當大的功勞，出自余為政。

張愛玲這張照片，我們看了幾十年，近一兩年方知竟是跟我做了五十年同學他的父親余濱生所攝！

而余自己已在構思的電影，清末留日的中國知識份子的故事《一九〇五的冬天》，也扮演了一個極強的助力。他找楊德昌也參與了劇本的編寫。

正因為有這樣一部電影可以參與，所以楊的回台更充分矣。

又因這部電影必須在日本取景，楊德昌也因此多窺了日本不少美術與影像的種種風情。（搞不好也隱隱察覺了日本電影有微微衰落之象，再也回不到戰前或四、五十年代溝口健二、小津安二郎、成瀨巳喜男、黑澤明的黃金時代）再加上余為政對香港電影圈的熟悉，楊德昌經過引薦，馬上將香港影人的創作習尚與商業趣味一下子就收於心底。（搞不好也隱隱自我警惕倘自己日後在台灣拍片，似乎不必依循香港式的敘事習慣）

《一九〇五的冬天》這部片子，一直沒有release。我們幾個年輕小夥子，當年也沒問為什麼。

通常一部電影如此，不外是導演求好心切，覺得拍出來的，還沒有盡如人意；有點想日後資金更充裕些了，再去補拍調整、去補剪至周全完滿…………等等之類的。總之，不知道。

但這部片子，是當年獨立製片很重要的案例。且說幾件事。

導演余為政和製片余為彥，他們會想：攝影要找誰？他們會想到一個先前幾年很迷舞台劇（也曾進到「蘭陵劇坊」修習表演）、後來又迷上攝影並和攝影家張照堂、紀錄片攝製者雷驤一起砥礪影像的澳洲人杜可風（Christopher Doyle）。余氏兄弟稍有觀察後，頗想找這麼一個新人來試試身手，於是找上了杜可風。結果也深談了，但後來杜可風說他的護照有些阻礙，無法出國（去日本）拍攝。

遂沒有合作成功。

但沒一兩年，楊德昌找杜可風拍《海灘的一天》，馬上杜的巧點個性與不拘刻板世俗所結出來的靈活取鏡風格，就這麼出來了。

再隔了一些年，當杜可風在香港為王家衛擔任《重慶森林》攝影，那已是他攝影生涯的最高點矣。而杜可風偶聊天時，仍會說及最早發掘他的，是余氏兄弟。

另有一年輕人，也是在那時候被注意到，叫杜篤之。他還在中影的錄音部門「學手藝」，只是個助理式的小夥子。而那個已經作上曲子、出過唱片、很愛在錄音室東摸摸西探探的侯德健竟然早就看出杜篤之是可造之材。侯跟余為彥常聊到，說什麼其實日後拍片要找人、根本也可以找年輕有想法的、麥克風裝好、角度對好、把附近的雜音隔絕好、甘願將這些細工給做到最好、就是了不起的錄音師！　哪裏需要管他出不出名？

余為彥、侯德健、杜篤之他們在一九八一年想的，並且很衝動的就想找來共事的，覺得凡事哪裏需要考慮那麼周詳的，其實就是在五、六年後出世的「台灣新電影」最核心的拍片觀念。

而很衝動的、很莽撞的、去啟動的那部電影，叫《一九〇五的冬天》。

音樂

某次不知在咖啡廳或旅館大廳，耳朵聽到喇叭傳來的音樂，是布拉姆斯的《搖籃曲》。這音樂在安靜的空氣中幽幽流溢，我們每人都像聆聽般的聽進自己腦袋裏。楊德昌突然說：「你們知道這首歌我最早在哪裏聽到嗎？」我們問：「哪裏？」他說，在他還做嬰兒之時。他聽到的，是媽媽在孩子身邊自然的哼著。

有一次，不知道是不是在柏林的計程車上，收音機放出了一首搖滾曲，前奏就很強烈，他聽在耳裏，道：「哇！Led

Zeppelin！」我也覺得熟悉，一時想不起歌名。

隔了些時候，回想，喔，是Black Dog。

我很少聽到他聊搖滾樂。

也不常聽他談古典樂。

這首Black Dog只是呈現他七十年代的整個十年在美也會細細的獲得這股文化的薰襲。

然而看來，他絕不令自己沉浸在這種興趣上。他有他類似主題的事要做！

這主題，應該就是後來的電影。

又有一次，見人彈吉他（尤其是《十一個女人》之時，沈呂遂、張乙宸、羅大佑都常會彈彈吉他什麼的），也想摸一下。吉他嘛，是所有那時代年輕人的夢！

他彈著彈著，那音符就要往某首歌而去，結果一唱，竟是Paul Simon的50 Ways to Leave Your Lover。只唱個幾句，就停了。

在我還不認識他之前，就聽說楊德昌很喜歡音樂，尤其是古典。

有一次他聊到配樂。他說有幾個大導演是不大配樂的，若配，常只是取古典音樂來放進他的電影裏。好比說，布列松，或荷索。

這又點到了某種美學的思維：就是，配樂是一定要的嗎？會不會最早的電影，只是電影自己，後來工業化了，於是邊配啦、裝飾啦，全來了？

這就像近年台灣的西餐大廚動不動就把醬汁與小苜小花揮毫在、佈灑在盤面上那種人云亦云的習尚一樣！

他自己的《光陰的故事》中的〈指望〉好像就是挑選古典音樂，再把它放進去，就行了。

好不容易他找到一個機會，讓《一一》裏的日本演員尾形一成在一個場合裏能夠坐上鋼琴邊，彈了一首名曲，貝多芬的Moonlight Sonata，算是抒懷，也聊以自況。

乃他結識了台灣來的N. J.（吳念真），隱隱有些許引為知音之感，故最是借鋼琴抒懷兼自況，為極佳時機也。

我沒啥和楊德昌有機會聊古典音樂。在我比較年輕時，也無意談古典音樂。但五、六十歲後，我偶爾會自己想及、觸探及古典音樂在台灣昔年的社會文化上的表現！我竟然憶起了楊德昌。

我很想和他討論五、六十年代的外省人能細細聆聽古典樂的，會不會還及不上本省仕紳自日據時代流傳下來的聆樂風氣？尤其是醫生家庭的聆樂，更是較深厚。而新竹中學早年課堂音樂教育，是極厲害的。甚至我會想，有些新竹附近的客家子弟，學得的音樂造詣，根本比本省閩南子弟要高強，但也只是壓抑自己、不特炫耀，乃那時閩南較客家強勢。楊德昌是外省來台的客家人，必然能懂在台客家人（有的甚至是貧窮農家）有音樂天分卻只能選擇別的職業而將音樂擱在幽幽心底的那種人生壓抑！這些，是我老年很想和他閒聊的文化題材。然而，不可能了！

我也很想和他聊最簡單的歌劇小段，被卡羅素、比約林等唱出的美感。

啊呀！說到歌劇，那絕對有說不完的話！

比我和楊德昌大個五十歲的民國人士，如他們原就聽余叔岩、梅蘭芳聽得如癡如醉，但後來一聽卡羅素唱 Mi Par D'udir Ancora 這樣的激昂美麗之曲，難道不在心中生出某種人生啟蒙似的自由奔動音符之解放？

這是純粹天籟在身心上的變化。不同於「看了西裝後覺得長袍馬褂不穿了」那種覺察、審美後的選擇。

聊舒伯特寫歌無數，卻世界最常唱（尤其亞洲的日本、中國）的只是〈菩提樹〉、〈野玫瑰〉、〈鱒魚〉而已，可見「簡明」及「突出」在藝術傳播上多麼要緊！「簡明」觀念，最是呈現在漫畫上。葉宏甲在我們小孩心中，比畫《小俠龍捲風》的陳海虹更喜歡，便因為「簡明」！哪怕沒幾年後我們回想陳的筆韻確實高於葉。

六十年代的熱門音樂，也有同理。Bobby Goldsboro 唱的 Honey 當時多紅！然今日我們再也不會回頭去聽它，反而聽那些更複雜像 Bob Dylan、Joni Mitchell 的歌。可見，「簡明」也不是每件作品皆能耐得住歲月。

我更是最最想聊「簡單」。

像最簡單的歌曲，你要怎麼彈？　Red River Valley 要把它彈得既不花，卻又深有涵蘊，不知有誰做得到？　John Fahey（1939 — 2001）曾彈過 Auld Lang Syne，算是最簡又最好的了。馬友友在有些年歲後拉 Ole Man River，真是又簡單又豐盛，聆來教人全身舒泰。

也和他聊蕭邦的厲害。心中有多憂思，手下出的音符就可這麼憂思。這種藝術，太高段啊！　也想聊他在建中時，軍樂隊都奏些什麼曲子；乃我念成功中學時，我校的軍樂隊演奏的是華格納的《唐豪瑟》，也在高中軍樂比賽中勇奪冠軍。

我和他共擁的「後民國」話題

噫，說到聊天，我們那時年輕，竟然閒聊得太少！

如今我回想到的「後民國」話題，簡直太多了。好比說，台北幫派的發源史。像十幾歲時的陳啟禮（他只比楊德昌大三、四歲）要準備做太保時，那時的二十多歲或三、四十歲自大陸早接觸過青、紅幫、早認識袍哥的那些在台灣的江湖中人他們在幹啥？什麼人最適合寫《台灣太保史》？柳殘陽嗎？不，他稍嫌年輕。他可以被採訪。寫的話，或許至少要高陽的年齡。並且高陽的學識與時代關注，也使他最有資格。

比高陽年輕的，我能想到的，有寫《故鄉之食》的劉震慰，或許他也能擔任這種工作。只是劉震慰出國出得太早。就像京劇名伶李金棠出國出得太早一樣。

中學老師如是外省人，他們是怎麼找到教職的？並且他們是怎麼來台灣的？台北違章建築的地，當初是怎麼被找到以及落腳的？顯然政府當年也只得放任他們。那些選中華路「大廟」（以前的理教總公所。更以前的「西本願寺」）來落戶的，和選在林森北路、南京東路口（如今的十五號公園）來落腳的，是什麼原因他們沒選克難街附近？也聊一些三輪車。那時在路口隨機受人招手搭乘的，多是台製的三輪車，比較簡略。而在有些家庭做包車的，往往是上海製三輪車，比較寬大考究。

還有聊「台灣的預售屋」這樁特殊商業文化。怎麼會有這麼聰明的人、想出讓百姓先參看樣品屋然後付預付款、接著才開始蓋房子這套售屋法？　我會很想和楊德昌探討：這個人必定大我們十歲以上。必定不是本省子弟，比較會是大陸來台的。　比較未必是北方人。華中是有可能，像湖北人嗎（君不聞老諺「天上九頭鳥，地下湖北佬」）？像江西人嗎（老諺「三個湖北佬，抵不上一個九江佬」）？但我會和他說我的推測：「不管他籍貫何方，最有可能是待過上海的那種見多識廣又想像力豐富、幾乎敢異想天開的那種又有點享樂人生卻又想能一出手就賺得『快錢』的天才！」

我很想說，上海提供一種，你哪怕有山西票號、揚州鹽商、長江與淮河的河埠碼頭等等的狡點精明，最後在我這兒才得到最現代化的 refine（精美化）！

也聊「極樂殯儀館」。因為好像一九五〇年以前，台灣未必有公營殯儀館，於是私人便在一九五〇年開辦了「極樂殯儀館」，辦的人，當然就是由大陸來的外省人。後來隔了不少年台北才有了市立殯儀館。而殯儀館落腳的地方，與昔年太多的眷村用地、違章建築用地等，皆指出了我們在草萊未闢的荒蕪地、田疇地、沼澤地、亂葬崗地等找取生活。這種在「荒蕪」之中、或空無之中來胡亂想像與胡遊亂晃，會不會是那個年代我們日後創作的泉源？還有，外省人很快去到美國移民的，必然有某種共同心理；此種共同心理，應該是近代史很該研究之事。我們人生的探索與選擇，再怎麼矢意自由、矢意創作，會不會仍然擺脫不了近代史的軌跡？搞不好，我們根本是近代史的產物！

啊，我能跟他聊的，屬於我和他的年代以及更早，應該極多極多，唉呀，如今不可能了！

用自己的才能把事做出來

我在一九八四到一九八五在西雅圖住過一年。有一兩個也來自台灣的女孩子偶爾要跨過湖到對面的Bellevue去學插花。後來說起來，原來教插花的老師，是楊導的母親。

幾年後（會不會是一九九八年我與鄭在東、楊澤，隨著劉黎兒之引領在東京拜訪過草月流掌門人又兼導演的敕史河原宏之後）有一次我和楊導聊起這件事，他說「我媽不是日本這個流那個流的，她沒和日本花道流派學過。她的插花，是她自己喜歡、於是就插起來了。照樣插得很好！」他又說，「所以你會什麼，就自然可以做出來。全在於你自己，不是你跟誰學、從哪裏畢業那一套！」

他最喜歡杜篤之那種自己摸索、自己找出絕招的雖「土法煉鋼」卻煉得比洋人還厲害的那種工作智慧。

他也喜歡打燈光的李龍禹用目測就能叫助理向右移一點、向左移一點，於是幾下子就搞定的打光方式。李龍禹用人眼就能瞧出光的勻稱，完全不必看monitor。這就是楊德昌最滿意在台灣做電影的地方。

他喜歡那種冷冷的站在角落、什麼都看在眼裏、什麼都了然於胸的「工作之人」。這方面，剪接師陳博文也屬於這種。楊德昌拍下的軟片，要有人靜靜的、冷冷的，最後很有定見的下刀，而這刀最後證明，下得太有道理也！而那個人要夠冷。如果過程中已受不了楊導，已不怎麼想試著理解這位很難搞的楊導，那他絕對熬不到後面剪完之後的美果！

陳博文就熬得到。

製片組的年輕人殷玉龍，常自己埋頭在電腦前，楊導自己是交大最早涉入電腦的工程師打造之人，卻說：「玉龍對電腦摸索出的門道，他是我老師吔！」

其實楊德昌一直在賞識人才，一直在尋覓有意思的人與有意思的社會，也一直在等待他最後要等到的故事。

或者說，觀察並挖掘人才。所以他會找到某人的主才之外的「另外才能」。好比說，他會說：「鎧立大家好像只知道她是鋼琴家，所以鋼琴彈得好。其實哪裏只是鋼琴？琵琶啦、古箏啦，她也很猛！」我說：「那不是中國樂器嗎？」他說：「對，中國的，但照樣猛。那全都是『音樂』嘛！」

他還淡淡的言及鎧立媽媽的燒菜。說她這省菜、那省菜都能出手巧思，做成佳餚什麼的。「為什麼？所有的藝術都有關係嘛！」

楊德昌很愛在聽大家聊天時，已經找出某人某人的另外技藝了。

侯德健，是寫歌的，〈龍的傳人〉、〈酒矸倘賣無〉皆出自他手。但其實是很能演戲的。可以說，是那種懂得一舉手、一瞪眼、一燃點香菸就「詮釋人生」的那種人。

侯德健少年即很得志，寫〈捉泥鰍〉時才十八歲。並且，腦袋裏一有音樂，低下頭來寫，十五分鐘就寫出來了。但哪怕如此有才氣的青年，也不免會碰上逆境，一下子萬念俱灰。終也只能努力克服。九十年代初，迷上了易經，但恨不能做鬼谷子、姜太公的遠方弟子！惟有無日無夜鑽讀古籍，遂有了相當心得，對人生的趨吉避凶，培養了頗深厚的見地。他自己對中醫摸索過一陣，某次因緣際會去向極有創見的中醫師倪海廈請益，一談之下極投機，倪把九宮八卦的根源深有趣味的講給侯聽，侯聽了霎時間覺得宇宙太奇妙有趣了，回家後經年累月揣思，竟成了某派風水的一家言了。

另有一人，也是楊德昌最愛用的演員，徐明。

遠在楊導回台拍片之前，徐明早就是演員了。但如今若問台灣觀眾，大家不太容易記得七十年代徐明演出的電影，所記得的，多半是楊德昌的片子。

也就是，楊導把徐明令人深有印象的部分，強有力的呈現了出來！

而徐明特有的個人風格，原本就流露在談話聊天的場合。

凡有徐明在場高談狂論的席上，楊德昌都笑個不停。乃徐明那種語不驚人死不休的誇張句型（還以口吃式的懸疑節拍說出），那種帶髒話的笑語如珠，那種奇詭內容，哇，對楊導言，全是戲啊！更不要說，楊德昌欣賞人的「實力」：徐明愛運動，更是練家子，對身邊的威脅，有他屌屌的一股篤定。突然要動手了，那站起來就能應敵，沒什麼需要怕的。

另一面，就是徐明鑽研催眠，也頗有成。

這些都是台灣孩子們曾經如此清苦艱困中逐漸積累出來的一種生命格調！而楊德昌，是那個看在眼裏的人。

所以，他怎麼不喜歡他身邊的台灣？

他似知曉他的時代之珍貴

在八十年代拍片，他常順手把身邊的朋友也放進片子中，表面上像是軋一角，也像是互相支援，更像是少花費一些向外頭找人的開支。但真正更有價值之處，是替他所處的時代留下一抹他熟識的痕跡！

到了《牯嶺街》，更是極大量極全面的放入各階層角色。《牯》片後段，到了警察局，演警察的侯德健，他演得簡直太好了！但也只讓他像extra（臨記）那麼短短的出現一下。

到了台灣後的「民國」。　　　　那種西裝，那種旗袍，那些項鍊，桌上杯盤的擺法……………啊，他的遠去的，但還是美好的，年代。

在建中演訓導主任、操著江北話的沈永江，演得多好，而他只是楊導的朋友，找來幫忙上一個角色！

在《海灘的一天》中出現的毛學維、林瑞陽，其實是專業演員，然戲份未必比較多，出場的時間未必比較長。楊德昌莫非要讓他的影片裏充滿了他想要放入的時代參與者。如果有一個巷口雜貨店老闆，他不會放棄這個機會，說什麼也要安一個角色進去。於是，卓明出現了！

如果有個騎腳踏車賣「大餅——饅頭——」的山東老鄉，那他不捨得不安一個人來短短演一下。這一來，李龍禹出現了。

《恐怖份子》中王安要釣凱子，來了一個嫖客般的人，不用開口講話，演得還真有那麼一點味道，一看，是呂德明，也是楊導的朋友。

楊德昌有意無意的要為他所依存的社會，把該有的骨架、該有的元素擱放周全。

這是他的一大幅浮世繪。

他似乎隱隱知道他的社會之珍貴。

正因為要讓社會如此多元的眾生相都放在一部片子裏，哪怕連專業演員也往往放進不甚明顯的鏡頭裏，像金士傑早在《恐怖份子》飾演第二男主角，還是被拉來演楊靜怡的舅舅，畫面暗到看不清是誰，只聽到他的四川話！而張盈真亦是優秀的職業演員（在〈指望〉中早演過石安妮的姊姊），但也抓來飾楊靜怡那為人幫傭的苦命媽媽。就像也同樣在《恐怖份子》演過主要配角的倪重華在《牯》片被擱在警察局一樣。倪淑君早在《野雀高飛》中就出道了，早是主角了，但《牯》片中被抓來演個眷村太妹短短出現一下，也像是理所當然一樣。戴立忍既是優秀演員，也早有心往編導上推進，楊德昌仍然把他安插在《一一》的婚禮中，演一個吃喜酒的賓客。

單單把角色安插在《牯》片，就是大工程。楊德昌有點藉由這些瑣細的劇中人物，來構思他的如同長篇小說式的劇本似的。否則他自己如何掌握理路呢？

腳踏車管理處要安排吳功、林維，學校的護理室要安排

《牯》片偶也有大合照（1990 年冬）。

林如萍演護士。汪狗（徐明飾）的朋友們要安排段鍾沂（滾石唱片老闆）、曹金鈴、李以須。冰菓店要安排蕭艾。外省兩么拐（二一七）幫要把楊順清、王維明、倪淑君、曲德海、王也民、劉亮佐放進去。彈子房要安排計分小妹王嘉瑋。警察局除了侯德健，還要有刑警湯湘竹，更還要有女警郎祖筠。還來了兩個新聞記者，由倪重華、張光斗飾演。　不是只不過是一場短短的警察局的戲嗎？怎麼弄出那麼大的陣仗？他還不滿足，還要弄出個少年組，有劉長灝、謝鴻鈞、段鍾瑋。哇，楊德昌太怕沒把他那多采多姿的六十年代給撐搭夠啊！　那麼多的角色，那麼多的地點，他都定出來了，即使未必有空間令他們搬演出戲來。但說什麼也要讓他們「現身」！　單單這現身，就是戲啊！就是時代啊！　故而觀者最後會得到什麼？終會得到「時代」的一抹也！這位導演真用心良苦啊！

於是有人分析了：楊德昌能用張曼玉、張國榮、林青霞、劉德華這種大明星（一如港片的常例）來擔當他片中的角色嗎？

我竊想，他未必不願意用。但一來，這些大牌能只是嵌進小角色裏嗎？二來，他們能為演出此等小角色領極少極少的片酬嗎？

相信到了九十年代後期，必然會有極多的大明星心中願意不計片酬、不計角色。然當年時勢未必允許。

更甚至，楊德昌也不好意思開口！

但另一更可能的，是楊德昌未必顧慮「有名」或「昂貴」等節。他想的，是「恰如其份」。假如這把椅子由雜木製出來就好看極矣舒服極矣，幹嘛非要用黃花梨？

拍片題材

我沒什麼聽過他說過想拍什麼故事、什麼作品改編之類。然有一次，不知怎麼，他講到台灣的建設，有幾句像是「日本人在台灣留下的東西，不是蓋的，猛啊！有些現在看，還是屌！……我們自己的建設，他媽，遜多了！」

像這樣閒談的句子，他不時會說一些。

不久他講了一個構想。謂很有興趣拍在鄭成功經營台灣之前，約當十六、十七世紀之交，荷蘭人和西班牙人登岸前後之台灣。　他對那時的土著、海上漁獵、附近大陸或島嶼偶來經過歇腳的中國人或倭人，以及西方黃頭髮藍眼睛洋人之出現等的想像之興趣。

就淺淺說了幾句。後來也沒聽他多談。

另外，從未聽過他想拍古裝片。

索性多說一點「古裝片」之事。

古裝片，是所有國片工作者相當需要正視之事。怎麼說呢？　自民初以來，凡拍古裝片，常是承襲前人拍片所採取的「古裝」造型，而許多古裝往往來自幾百年來戲台上那種古裝概念。　也就是，只一心做成「古裝片」，無意做成「古代片」。　乃唱戲的，原就是那麼套上古裝啊！然電影人未必如此想。電影人早就充滿了「現代」的觀念。並且，電影，很有意重現真實。正因為戲台上，不在「寫實」上著墨；電影人更愈發想要「寫實」。

我雖沒跟楊德昌聊過古裝片種種，但我絕對相信，他會說下面那種話：「古代絕對能拍，那就拍『古代片』。萬萬不用拍『古裝片』！」

因為古代人照樣過的是真實的日子，你大可拍他們之「實」，而不用人云亦云的拍他們的「模樣」。

楊德昌不怎麼看小說。甚至不怎麼看文學（新詩、散文、雜文、武俠等）。或許他比較是影像之人，或比較不是文字人。這是一點。二來，他年輕時念理工科，不太有看文學書的習慣。

故從小說來改編成劇本，他甚少考慮。

他找故事，看來從社會上的「不安定」景象，來開始下筆。譬如說，計程車走下一個打扮極奢美但步伐很沒耐心的少婦，他看到了，便成為他側寫社會的一則故事開端。籃球場上一個少年一直上籃進球，如入無人之境。場下另一個少年兩手插腰，兩眼盯著。盯著盯著，愈來愈按耐不住，似乎要⋯⋯⋯⋯

這一類的「不安定」，很能激發他想社會、以及對社會下刀的構思法。

九十年代中期後，他的觀察與解剖社會之構思劇本法，似乎很打動有些香港的文化青年。其中在陸續認識楊導後，幾乎在與楊導深談後，激發想和他一起寫劇本的念頭（或說雄心）。這樣的青年，像我後來也認識的張承勳、戚家基等。

甚至也可能有想幫他進行一些近代史的 research 如早年十里洋場的上海什麼的。

上海的故事與上海的黃金歲月，甚至它的石庫門，它的樹影飄搖的街道弄堂，難道不能有一個懂電影的華人來拍攝一些嗎？ 嬰兒時在上海短短待過，接著在台北、美國生活過的人，常有想將之結構成故事、放入笑與淚、並教它發出迷人香氣，令不管去或沒去過上海的所有華人都想經由此片好好感動一番！楊德昌可以是這麼一個人嗎？

誰適合拍上海

台北，是他大部份電影的寄託地。也是他少年時喜怒哀樂愛恨之成長地，以及中年詠嘆分析的審視回顧之地。然而台北之外，最多的華人情思流蕩、最糾纏曲折的近現代劇情濃郁發生之地，會不會是上海！　如他台北的說部要稍稍告一段落，會不會他想拍一點上海的東西？

我的家庭背景，我的交友，我的小學同學在美國的…………太多太多，會聊到的話題，是上海。

楊德昌雖是廣東梅縣人，但父母親的教育與工作，和上海頗有淵源，楊自己的成長與生活形態，也絕對與上海不隔膜。

說了這麼多，主要想道出：如果我想看一部講敘上海的電影，我最先想到，最好是他拍的。講得再詳細一點，我希望是一個在上海出生過、在台北成長過、在美國負笈過、看得透香港人拍的上海及上海人拍的上海皆似乎呢…………有一些「少了什麼東西」的那種了然於胸的台北人所拍的。

所以我會想到楊德昌。

這就像好些年前，大陸要拍白先勇的《謫仙記》，我們幾個自詡老於世故的朋友心道：這裏頭，又有十里洋場，又有飄洋過海，又有美國，他們可以嗎？

電影事業的格局

拍完了大場面的《牯嶺街》，拍完了《獨立時代》，拍完了《麻將》，一點一點的經營他的拍片工作，難道他不想延攬三五個有才之人開始打造他的公司事業？比方說，誰能擔任行政總經理，能往西方國家談賣片、談最前期的資金挹注？

有這樣的高手嗎？他甚至不必是台灣本地人。若他能懂香港模式、懂新加坡模式，當然好，但更好是嫻熟好萊塢的商業細膩面。

楊德昌必然一直在留意這樣的人才。但顯然，不容易。

另外，更重要的，是找誰編寫劇本？

有經理人才，能籌資能賣片，固然要緊；然那是進步地區自然會形成的局面。我們這個小島，搞不好楊德昌還是堅守原本的手工業式拍片法，會最得心應手。

倒是寫本子一事，或許最是掛心之事。

他當然都是以他自己來開端。想故事的框架，想三五個人物，想幾個城市裏的角落…………但他應當十分想找和他一起往下弄的編劇。

在《麻將》到《一一》，他偶會提到吳念真。講的呢，少少兩三句。約略是吳念真會點到的世情，比較世故到位。

《牯嶺街》與《一一》的宏大規模

其實一九九〇年底，《牯嶺街》在一點一滴拍攝時，大家就愈發感覺到，哇，這是一部「大片子」！楊德昌愈來愈鑽進他的當年記憶裏，好多的小情節不斷的加放進去，好多的時代裏零零星星人物又加放進去，整部電影愈來愈大了！工作人員也極豐富厚實，製片也有兩個，余為彥和吳莊。忙起來，一個在現場，一個在公司，隨時要什麼，馬上派支援。軍隊的支援，也極有質地。好比說，坦克車在背景的出現，也絕不馬虎！臨時演員的陣容，也是又多又全備。連日本導演林海象偕演員永瀨正敏來探班，楊德昌靈機一動，馬上請他們上戲。這場戲在「國軍文藝中心」門口拍攝，只是後來剪掉沒用。突然記起一事，《牯》片的工作人員王耿瑜，隨時拿著相機拍照。幾乎像是全程的劇照師了。由於她跟這戲跟得太深入，又極冷靜極盯視太多的當時發生，竟然成了我常說的「王耿瑜的相片是《牯嶺街》極珍貴的留住歷史之紀錄。並且一九九〇年、一九九一年台灣最出色的攝影人，我想，耿瑜絕對會是一個！」

而這部片，最不可思議的，是攝製費竟然被余為彥在極難籌措（甚至還極難倉促間借錢）的情況下，用今日難以想像的預算，給完成了。楊德昌和余為彥當時已知道，在台灣拍片，是「你要找到你的需要」與「完成你需要的那個方法」，並不是，錢。

這一點，我當年就看到了。我前面不是說了：我是近距離參觀過《牯》片的拍攝現場！

好，這部片花了多少錢拍完？我很多年後問過余為彥，他說，一百萬美金吧。

再說《一一》。一九九九年，《一一》將開拍，這時楊德昌更熟練了。所謂熟練，是他已可以把小故事拍得宏偉，而把大格局的內容拍成精緻小品似的、那種透徹洗鍊了。

所以他在工作人員的配置上，也樂意多用些。於是副導演中不但有王郁惠、楊順清，連美國回台的陳昌仁（他是少數在UCLA拿電影博士的華人)、苗子傑等，都拉了進來。《一一》的拍法，極有他自己的見地，他要找誰找誰，早就胸有成竹。他要把吳念真、女兒婷婷、兒子洋洋這一家三個人描寫得很細，但同時又要把吳的事業伙伴、他的小舅子陳希聖、他的隔壁家庭、他會參加的婚禮、喪禮、他會出的日本的差…………等，拍成一部簡樸無華但外人一看就知是高手之作的亞洲小地方出品的影片。這其實是一部大製作，但他要拍成不怎麼特別閃亮宏大的恰如其份的樣子！

前幾年，我碰到在新竹「或者」書店工作的Eric，聽他講到在二〇〇二年(或二〇〇三)的倫敦ICA(Institute of Contemporary Arts)看《一一》的放映，看完後，「舒哥，不誇張，全場觀眾站了起來，開始鼓掌，鼓了十分鐘，沒有停…………」我這一兩年凡想到這景象，眼眶都有點熱熱的。

在美西聽到但漢章讚賞

一九八三年七月我離開了我生活超過三十年的台灣，去到美國。在洛杉磯下飛機。

過了幾天，到老同學向子龍在西好萊塢Ogden Drive的所租木造小屋中聊天，那天但漢章也在。聊著聊著，聊到楊德昌，他說及剛看了《光陰》中的第二段〈指望〉。但漢章出國念UCLA，一心就想拍電影，也寫過無數的犀利影評，又擔任過唐書璇、胡金銓的副導演，幾乎已是電影界的「老人」了，沒想到楊德昌一個「新人」，竟然動作恁快，一下子拍起電影來。但說：「他拍得這麼好。他是在哪裏學的電影？」

我還記得將近四十年前的這一段對話。

向子龍這時已到洛杉磯一兩年了。我們老同學許久未見，他和我聊了極多美國趣事。其中一件最有趣！有一個叫Bobby Vinton的歌手，在六十年代初我們都聽過他的名曲Mr. Lonely與Blue Velvet，向子龍曾到Vinton家做過幫工，主要是燒菜。

他和另一個台灣去的朋友左筱青，前去應徵（必須是一男加上一女），成了。剛到的前一兩天，Vinton還在外地（像Las Vegas之類）演出，並不在家。家中其他成員，一吃了向子龍的第一頓飯，驚艷莫名，於是晚上跟爸爸通長途電話時說：

「Dad，你一定要趕快回來，嚐一嚐我們家新的廚師的湖南菜！」

隔了兩三天，Vinton回來了。飯桌上全家坐得端正，很興奮的期待這一頓男主人第一頓飯。結果菜都上齊了，大家你一口我一口，幾分鐘後，向子龍脫下圍裙，從廚房走到餐廳，問：「Is everything ok？」結果全家站了起來，用力的鼓掌了好一陣子！

向子龍非常懂搖滾樂與電影，Bobby Vinton有一個女兒似乎很有興趣於表演工作，不時會聊了兩句。

有一天早上，向子龍看見那個小女孩在哭，哭得很傷心。他問發生什麼事？小女孩說：她剛得知「方法演技」的表演大師Lee Strassberg（也就是在《教父第2集》中飾演邀艾爾．帕契諾去古巴的反派角色Hyman Roth）今天突然逝世。「怎麼這麼倒楣，我今年中學畢業，原本早計畫到他的表演學堂去上課的。我要跟他拜師學表演啊！」

這是Bobby Vinton好多的小孩中的一個。而又隔了再十年，有一個和楊德昌差不多年紀的導演叫David Lynch拍了一部用Vinton名曲作片名的電影，叫Blue Velvet。

當然，楊德昌也絕對知道這件向子龍燒菜、甚至Lee Strassberg等事。

為什麼？因為向子龍後來回台灣，在一九八七年開了一家賣家常菜的小館子，叫「談話頭」，居然成了太多太多報社人、電影人、唱片人、廣告人等去吃飯吃宵夜的hang out。而楊德昌也是會在那裏與朋友會面、看鄰桌風景、甚至看社會怪現狀、張望新浮現的都會美女等等的一個城市中的創作人。

「談話頭」這種「個性小館」，恰好在八十年代底九十年代初見證了「台灣錢淹腳目」的股票狂漲至高點的時代，也是黑金剛大哥大那種重型手機被來客坐下後咚的一聲放在桌上的時代。而此時的台北，正是大夥坐沙龍式餐館（談話頭正好是）高談闊論、針砭政治的高昂時代！而楊德昌聽到的笑話之妙不可言，也最多是在此時！

過沒一兩個月，我就往北走了。不久就到了西雅圖。不知是八三年，抑是次年八四，才在大學裏看到《海灘的一天》，哇，好一個楊德昌，總算讓你把電影做出來了！

沒想到，從回台灣到拍出第一部戲院裏放映的長片《海灘的一天》，不過是兩年工夫！

我近年再回想，其實從一九八一年到二〇〇〇年的《一一》，楊德昌那麼輝煌的電影成績，也不過只用了二十年光陰。

哇，真厲害！

選了台灣，沒選香港

九十年代中期他《麻將》都拍完了，我某次偶想起他拍電影的一段歷程。

在最早的一九八一年，楊德昌剛回台灣時，猶常往香港跑。主要是他的好友余為政，不但對香港熟，也在香港工作過，總會拉著楊德昌結識頗多同好。楊也常言談間表示對香港電影人如梁普智、譚家明等已做出相當成績的羨艷。亦與新藝城的諸君子結識，也聊過不少。可以說，他回到亞洲，有意做電影；這電影，在香港做或在台灣做，他都是樂意的，而最終沒在香港拍片。

我在九十年代中期他的電影事業已然如此成形（從〈指望〉、《海灘》，拍到了《恐怖份子》，再到拍了《牯嶺街》，連《麻將》都拍完了）後，突然回憶起這一段「香港經歷」。

沒在香港拍片，可稱幸運。

也可稱明智。

倘若和香港電影接上軌，以他們的商業模式為依歸，又符合香港成熟的電影工業，如恰好又成功賣座，搞不好就做不到我們如今在台灣看到的那種質樸（雖賠錢不賣座）與深刻了。

台灣導演的幸運，還因有當年日本

有時回想這八十、九十年代，對侯孝賢、楊德昌這樣傑出卻又樸實無華的台灣藝術片導演而言，是何等的幸運！

一來台灣竟然可以藉由電影令歐洲影迷（影展評審、電影研究者）為之瘋狂。

二來台灣電影竟然可以補日本電影衰落後的觀影空白。並且日本片商極願意花大錢買台港藝術片！

在金瓜石拍片現場接受採訪。

林海象製作、余爲彥導演、永瀨正敏、倪淑君主演的片子《夜來香》在台北的記者會。

永瀨正敏（左），舒國治（右）。（1991年）

余爲彥、林海象、舒國治（自左至右）唱卡拉OK。

大陸影迷竟然鑽看得更深

二〇〇五年有一個大陸來的女作家尹麗川，也是傑出的詩人，來到台北，不知是不是人間副刊聯繫的，總之，我們有兩三個人在台北接待了她。在一兩天內，她看到了侯德健、倪重華、馮光遠等人。在聊天中，她談及她看過楊德昌的電影，十分的喜歡，十分的教她深思之類。她那種說及深獲己心作品時的神情，是讓在場的人也會很凝視那股感動！

尹麗川送了我一本她在台灣出版的《十三不靠》小說集。聽了她對楊德昌電影之讚賞，我便回贈了一本當年《牯》片時期由時報出版的不記得是《牯》片劇本抑是拍片筆記的一本書。這書躺在我的書架上好些年了，我想送給遠自北京來的知音，最宜了。

沒想到尹才回大陸，第二天又一個藝術家朋友邱志杰，從大陸來了。在晚上吃飯時，聊著聊著，又聊到楊德昌。我說昨天我把一本楊德昌的舊書送給一個很喜歡楊德昌電影的大陸詩人尹麗川，「現在，我突然見你來，志杰，哎喲，晚了晚了…………」邱志杰一聽，道：「哇，舒哥，我來晚了一天，不然就是我的了！」

在這前的幾年，我就認識邱志杰了。那時他來台北，大概是漢雅軒畫廊展覽之事。張頌仁請我帶他逛逛台北，我帶他在南門外走，突然見他高高舉起相機，對著一個路牌拍照。我一看，是「牯嶺街」，便道：「噢，你也對舊書攤有興趣啊？」邱說不是，是他看過一部深深感動他的電影，叫《牯嶺街少年殺人事件》。

他說看了《牯》片，自己幾乎想索性不畫畫、去拍電影好了！

他又說，他心中一直有一個故事，真想一口氣把它寫成劇本，然後捧到楊導面前，請楊導拍！

邱與尹，都是創作人，他們都喜歡楊德昌的電影。並且，他們看的，必然是光碟！並非像我們從大銀幕所看的那麼清晰，卻照樣得到那麼大的感動。甚至，我後來得知多不勝數的更為年輕的大陸影迷在自己的電腦前反覆的細細吟詠楊德昌影片、並寫下自己極為細膩又極有見地的觀後感。

這樣「細看」、「懂看」楊德昌的大陸年輕文青，居然出乎我意料的多，並且深入，甚至深情。他們絕不因為不了解台灣的地緣、時代而少看了什麼細節。反而是，更像是楊的電影能呼喚起某種還涵留在大陸風土中的「昔年民國氣」。

因為台灣的年輕觀者，也極愛極愛楊的電影，但所看到的深情，比較不是我說的這種「昔年民國氣」！

這種現象，已成了大陸文藝青年很私有寶愛、又很和同好互通款曲的一種觀cult movie之美妙經驗。

這令我太驚訝了。也太為老楊（我們最早在八十年代都是這麼叫他的）高興了。

市售光碟，絕對是大陸文藝心靈革命最佳的利器。而經由光碟細看楊德昌電影，搞不好是多少文藝青年最美好的享受啊！

那種深夜對著電腦靜悄悄的看著像是只放給自己一個人看的電影，楊德昌的片子，太適合了。

尤其人在青春之時，觀看楊德昌的電影，會似乎看到很多自己私下很關注的感情段落或自己很想幽幽傾訴的情懷。這些「個人隱私」被隱隱召喚的快樂，或許是那些影迷非常崇愛楊德昌的原因。

而楊德昌有一種在他的電影中「跟觀眾說上幾句悄悄話」的那種氣息。

我在想，坂本龍一看的、邱志杰看的、夏宇看的、向京看的、爾冬陞看的、太多太多人看的，是看到這樣的地方。

他這種「私下」式的拍片法，三十年代孫瑜、蔡楚生等導演沒人如此拍。四十年代費穆稍有可能，但也沒往下弄。六十年代謝晉有一點那種情調了，但也不適合真那麼幹。

後來七、八十年代以來的港片，極度上軌道了，極度工業化了，遂顯得劇情「很公開」的，當然看不到楊德昌這種私下感。

這種「自己個性」「私人想法」流露的拍片法，只有楊德昌一人也。

悄悄話式的敘事風格

當然，這種獨特的「隱私式敘事法」，也極有可能來自他獨特的「生活與交友法」。

與太多的創作人相似，他常常自己埋起頭來想事情。

當太過專注他一逕構思之事時，往往呈現出與外間有所隔開的模樣。比方說，他突然想到什麼有意思的點子，就立刻找他認為可以傾談、討論的朋友碰面細聊。包括有些劇本的發想。也包括有些資金合作方的前期設定等。然他找朋友聊事，有時他自己想得已很深入，幾乎可稱為「有點主觀」了的狀態，然對方並不過於投入，或甚至只是淡淡的反應，這種時候，楊德昌常顯得有些孤寂、有些落寞。

也往往在這種情況下的兩、三個小時，他可能又到了另一群人的境地裏，比方說，像「談話頭」這樣的館子。他走進來，臉上猶帶著失落，看見余為彥、我、還有老闆向子龍坐在一桌講話，這一下他馬上比較安逸舒服了。坐了一下，他似想提起他適才和別人談論的東西，但又自覺不宜，總之，嘗試在自我抑制中講到三五句。

我們也不敢和他太往核心之事去聊。也無意太去關心他私有念頭。反正，一下吃點東西，一下又講些笑話，一下再和他隨口說上幾句，便就只是如此了。

台北，是他心情、他的創作、他的甚至訴苦、最好的家園啊。

他有如此多的創作念頭、如此多的社會看法，遂有如此多極想「吐露」的心聲。

這樣的他，幾乎可以被朋友視為「有一點黏」了。

我們幾個認識他比較早（如一九八一）的朋友，相對來說，他比較黏得少些。

但他這種一有私人見解就很想表露的個性與創作方法，何嘗不是他電影動人的地方？

不究養生

楊德昌大概也不養生。

比方說我和陳以文、張震會聊打拳。張震練過八極拳，這是拍《一代宗師》要練的拳，然他原本就是運動（騎車、打球、司馬庫斯健行）的好手。陳以文練形意拳，本就具模仿之趣，一如他表演人本業，亦得「舞台上表示動作」之美學體悟。我最愛和以文說：「拳打牛眠之地，哪怕是在家裏一點五平方公尺的小空間，凡想到，打他個幾十個起落，就爽極了。根本不用去公園！」　當然深夜一人到樓下公園獨練，是很孤美的。而有月光的深夜在中正紀念堂的空場上練，更爽。只是這時走來幾個當地的潑皮，一步步走近，看來不是善意，像是馬上會說：「誰說這裏可以打拳的？小子，你混哪裏？」這種假想成六十年代會發生的劇情，哇，豈不也蠻過癮的！

然而，我們沒機會和楊導聊打拳。唉。

後來他還真去打了。

二〇〇六年以後，他偶去上海和張毅、楊惠姍相聚。聽到他們伉儷在七寶的琉璃工房每星期請一位高手來教太極拳，居然也跑去學了。這位老師叫王建騏。

張毅楊惠姍的上海相陪

那是他人生後期很感溫暖的一段光陰——從美國到上海，和張毅、楊惠姍能好好談心。談上海都市建築的頭角崢嶸，談上海的弄堂、也談上海人的悠閒自得既像世事渾不干己卻又股票一有漲跌馬上全神貫注的小市民機伶。談電影，談台灣五、六十年代電影的可惜，沒有刻畫到離鄉背井的愁緒。也談法國「電影筆記」（Cahiers du Cinéma）一幫人固然拍得確有見地，但也只到近海，到不了深海。談美國電影，這是我們從小最熟悉的一種電影，但現在來看，他們拍得多流暢，然細審過去，大部分片子所關心的，竟還是很「物質」，很人生外圍的那一套！唉，我們做亞洲弱小地區的創作人，反而造就了另一種眼光！………一聊上了開心的電影話題，簡直馬上就又雄心萬丈了。也得以驅除了寂寞，並稍稍的練練拳什麼的。

張毅是比我和余為彥高一班的學長。是同學中最早投身創作、最早深愛電影卻先以提筆寫小說來開啓創作之端、而當拍片一有眉目馬上就此生做定了電影人的好友。一九八七年轉身開辦了「琉璃工房」，我竊思他心中必定隱隱想「過個幾年，琉璃事業微有根基了，那時再回來弄電影吧」。他一邊經營工廠，一邊仍勤於讀書、勤於看電影、原是他做為「民國之士」的一種生活習慣。但據我和余為彥觀察，張是很樂意做一個很有氣度、很樂慷慨的老闆之人的。好比說，做一個接納好劇本的製片家。更多的是，他很樂於宴請朋友吃飯喝紅酒。並在席間照樣談文論藝。談文論藝原就是他的每日娛興，飯桌只是更便於把人聚多些。談什麼呢？從《劇場》雜誌的黃華成，到東京小美術館裏的魯山人盤子。從我和余為彥那做過黑澤明、小林正樹副導演的留日恩師陳純真，到張毅他那做過The Doors合唱團UCLA同學的留美恩師陳耀圻。…………張毅能涵蓋的各年代文藝話題，不只是朱自清、梁實秋、沈從文，不只是經過香港再到美國的張愛玲，更多的是到台灣的李行、李翰祥、胡金銓、宋存壽、王星磊等在那充滿動盪的年代終只能拍到多麼局限多麼不容易的當年國片。

張毅在行的題目太多太多，從白先勇的小說筆法，到黃永松的漢聲美術設計，到張弘毅的音樂曲風，到「透明思考」（TMSK）的餐廳設計，全砌疊在他的生活中。

而琉璃工房開在上海新天地的「透明思考」餐廳，也成了太多友人相聚的極佳空間。說到「透明思考」的設計，那種紅黑二色相間、把光打成幽暗的「場景式風格」，我有一次差點想說：「為什麼讓我覺得有一點武滿澈音樂所呈出的形象？」

難怪香港的鄧永鏘、王家衛偶要款待貴賓，總喜選「透明」。日本的濱崎步來上海，也喜來「透明」。後來好幾年已住在洛杉磯的楊德昌，在零五、零六年凡去上海，張毅楊惠姍接待他，娓娓深談的地方，也是這個「透明思考」！

他怎麼觀察我

這麼多年來，我也會偶有兩三回想及一事：奇怪，楊德昌從未說找我一起寫點故事、本子什麼的提議？

當然，我隱隱猜測，這是他的好顧慮！

一來，他不想貿然開口，而我輕描淡寫的turn down了。

二來，我真被他recruit了，也下來合寫了，我的年紀稍大、認識他又稍早，他適合像找他學生輩的鴻鴻、楊順清等那麼樣的操嗎？

也就是，會不會因為我這些先決情況，他找我下海工作，會不會比較綁手綁腳？

三來，會不會他早就觀察到舒國治這個朋友的「社會定位」。他約略知道，我雖是電影學子，但七十年代我的同學早有毅然投入電影的邱銘誠、張毅等，而我無意進入。必定是我對那個年月的那個行業頗感到不以為然。此一者。再就是，我像是半個創作人，他也看過我的短篇小說〈村人遇難記〉，可能還知道我人生的「不實際」。我未必是合適的同創劇本者。此二者。

最可能的，他或發現並看出，我是某種時代裏那個看什麼事都不順眼卻自己又不下手改革的「避開麻煩的人」。

避開吃苦頭。　避開多出來的名氣、多出來的金錢、多出來的看似成就——的那種什麼事最好都別沾上他的人！

我要到鑾老，才會偶然發現，自己是不是像這樣的人。

但楊德昌這個旁觀者，會不會早就這麼看了？

因為《一一》裏面竟然有一句對白，是小胖說的，我們如果公司不弄了，「舒歌你還不是回到你舊金山的房子裏，下你的圍棋，抽你的煙斗？」

哇，他竟有這樣的人物描寫！拍攝時，當然，我沒看過劇本。我們也不會問。整部片的劇情也不知道。

總而言之，我很感激他沒找我幹嘛！這幾十年來。

聊天

倘若四五個人以上同坐，你會注意到，楊德昌不多說話。他都是聽別人說。

這種多人說話的場合，正好是他逃開「參與」的時機。他馬上變成旁觀的一台攝影機似的。

那一年張藝謀來，也到了光復南路的工作室，工作室人多，我和余為彥都在，坐下來聊天，楊德昌根本不用講什麼話。

某次日本導演山田洋次來台，焦雄屏帶著山田到福華飯店的咖啡廳，坐下，聊天。山田導演是能說英語的，楊導也說英語，焦雄屏也是，完全不需有翻譯的場合；然那天也不見他侃侃而談。他很樂意參與，無意獨說。

官家子弟的路途

有一次，我們到光華商場找舊書（會不會是《一一》要找奶奶唐如蘊床頭旁放的書？）製片組有個四五人同去。楊德昌翻到一書，上有簽名，「陳履安」三字，他拿給我們看，臉上有一種輕笑。

倒不是輕視，也不是鄙夷，完全不是。而是一種「頗為竊喜自己不用步上好的公教家庭或官家子弟理所當然的如仕途般的前程那種後塵」。因他做上了電影，遂有了此種算得上自滿的笑意。

這本書，又放回了架上。是一本我完全沒啥印象、或許像「邱吉爾傳」之類的書。

少年時的台北

瑠公圳旁　來做場景

《牯》片中的演唱會，用了新生南路、金華街口的「大專活動中心」為場景。這地方，早些年是「三軍托兒所」。《牯》片拍完後沒幾年拆掉，在空地中建了如今的「新生國小」。

楊德昌找到這個地方，真是神來之筆。

一來，這樣的地方，居然還在。二來，居然還不大使用，那不是太理想嗎？三來，由它來呈現當年會辦演唱會的「國際學舍」或「空軍新生社」或甚至「中山堂」，既有點似曾相識、又有點不用確切點出是何場地的那種微妙感！四來，它距離拆掉猶不算久的國際學舍竟是那麼的近、兩者中間夾著一條瑠公圳的那股鄉愁！

這場演唱會，雖在劇情中要敘述出Honey遇害之事而導致後來幫派的火拼；但更重要的，是流露五、六十年代的某一襲風土（青少年受西方流行歌之披靡）。

為了這演唱會，他還找來徐慶復這個當年「台灣貓王」。

家就在瑠公圳旁

現在大夥知道的楊德昌故居，是濟南路二段六十九號。當年是日本房子，柯一正、詹宏志、吳念真等人八十年代中期即將歸結出「台灣新電影」的理論基礎前後的混跡地便常是這幢日本房子。如今早拆了，也被轉賣給私人，也開成了一家餐館。

濟南路，相當美的一條路。至少在六十年代它比北面的中正路（後來成了忠孝東路與八德路）要文靜些，也樹影扶疏些。也比南面的仁愛路二段要親切些、也明亮些（仁愛路二段，當年或今日，都不夠明亮。尤其比不上四段之明朗開曠）。

稍西面的一段，有斜叉出的齊東街，頗瀟灑，我不得不猜測古時是沿著一條河渠而形成的線條。倘齊東街果真有一條河，那它的上游，莫不是要斜穿過台大法學院？更可能林森南路六十一巷（龍門客棧餃子館那條）或東和禪寺古代就建在一條小河邊？

我在想，如果楊德昌騎自行車，從家騎到南海路的建中，最單純的，或最主幹式的，是走濟南路向西，遇上海路（今林森南路）向南，過信義路後，穿陸軍供應司令部（即今中正紀念堂。當年林森南路仍在地面上，直通羅斯福路。蓋中正紀念堂才把路弄到地下），再穿羅斯福路，進入南海路，抵建中。

小四（左）與父親（右）騎車。（屏東糖廠。1990）

不會走金山南路。乃當年還沒那條路。早年的金山街，只有從金華街到和平東路那麼短短一段。

看電影與籃球

若看二輪戲院，「新南陽」的機會很高。在南陽街。這條街後來成了補習班街，學生氛圍很足。

離他家近的小戲院，當年有一家「華山」，乃離華山車站附近之故。大夥如今稱善導寺站，以前人們稱地域，稱此為「華山」。華山戲院可能六十年代中期就停業了。位置約

樹蔭下的牛車，六十年代初依然如此。（屏東糖廠的《牯》片場景）

舒國治（左）與張國柱（右）。昔年台灣炎陽下的草帽。（屏東糖廠的《牯》片場景）

在如今忠孝東路二段六十四巷裏某處。

另一個可看電影之處，是「介壽堂」，也叫空軍新生社。約當今日新生南路、八德路交口的西北角角上。

如看國片，東門町的「寶宮」，也算不遠。

當然，要全面的看電影，則是西門町。戲院太多了。

最近的籃球場，可能是工專。（今日的北科大。新生南路、忠孝東路口）

文化豐富又城鄉兼備的五十年代台北

五十年代的台北，是很濃的「綜合城市」。既有閩式的大片農家田園，又有日本人五十年的西洋樓宇公家建設間插著木造精巧居家住宅。並突然湧進了大量的大江南北落難似的外省人。

於是，在人口上，它已是大城市。在生活水平上，是大家擠在一塊的均貧，並帶著些許無奈卻還隱隱慶幸有那麼一點暫且的「安定」。

在環境的模樣上，是既城且鄉；說是有幾縷工商社會的外觀嘛，實則不遠處牛車與駕車的打赤腳者根本說明了種田還是主題。

我最常講的「從稻田密佈的信義路四段跳上一部二〇路公車，二十五分鐘後可在西門町看到法國片 Pepe le Moko 的那種城市山林。舉世哪個地方能夠如此？」

我中年後回想，那是最珍貴的一種「合成版」社會！

人能在孩提時親炙個十來年那樣的周遭，是何其有幸啊！

結語

今（二〇二二）年八月，欣怡自法國回台探親，原來在楊德昌各時期幫忙拍片的同事皆陪著她玩。二十三號那天苗子傑約了大家遊淡水、北新莊、老梅等。算是有山有海。參加者除了欣怡一家三口（老公、兒子），余為彥伉儷、張育邦、姜秀瓊、趙曉萍、王維明、我與內子，分乘三輛汽車。

在北新莊的一段，我、內子、秀瓊坐在維明車上，看著前頭領路的苗子傑那部車，在濃蔭的公路上繞行，一下東一下西的，竟微微有中學時期迷路的癡醉情景。這時樹縫中投下的光線，竟然頗美，又頗有一股像是你似曾相識、如同你少年時就看過的那種光影，我突然說：「啊，楊導真該也在我們這幾部車裏——他馬的，他都不玩。——」

轉眼之間，楊德昌已去世十五年了。哇，好快啊。這三年因疫情我更待得住家了，也更容易回想從前的事。尤其今年，我一算，我自己都七十了，想著想著，覺得是不是由我來寫一篇回憶楊德昌的長文呢？

若是五、六十歲以前，我斷不會想到寫他。也不會寫他電影的影評；乃我一直當作是他朋友的身份來看他的電影（像他家裏人看他小時的作文或週記那種），而不是像影迷那樣鑽研他的電影。更沒想過做他的研究者。時間來到二〇二二，因緣際會之下，好多的過往小事湧入腦海（這是年齡增老的力道），又屬於我和他年代的諸多社會回憶也愈發有新的迸發；想想我若不寫，太多的小事將終湮沒，豈不可惜？

寫著寫著，愈來愈長，順手將一些幾乎可稱「當代藝文史」的瑣事也記上一筆。遂成這本小書。

一九八三至一九九〇，我在美國。這期間正是他拍了《青梅》、《恐怖》二片，又是「台灣新電影」方興未艾之期，然我不在場，故沒敘說。

太多太多與楊德昌更貼近、更熟悉、更長時段工作、更長年月生活的親人、朋友、同學、同事等應當比我更熟悉他、更能談說他的各類事蹟……而我，或許正好隔得稍遠，既算熟又不那麼貼近，反而如今多年後來回視，會不會更有一種清透？　故我所寫，皆我所知者；我沒寫到的，來日別人再敘吧。

二〇二二年　冬

憶楊德昌

作者——舒國治
照片提供——舒國治、王耿瑜(15·27·79·113·117·143·174·176)、余為彥(63、86)
初稿打字——許淑貞

責任編輯——施彥如
封面設計——陳采瑩
內頁設計——吳佳璘

董事長——林明燕
副董事長——林良珀
藝術總監——黃寶萍

社長——許悔之
總編輯——林煜幃
副總編輯——施彥如
美術主編——吳佳璘
主編——魏于婷
行政助理——陳芃妤

策略顧問——黃惠美 · 郭旭原
郭思敏 · 郭孟君
顧問——施昇輝 · 林志隆
張佳雯 · 謝恩仁
法律顧問——國際通商法律事務所
邵瓊慧律師

出版——有鹿文化事業有限公司｜台北市大安區信義路三段106號10樓之4
T. 02-2700-8388｜F. 02-2700-8178｜www.uniqueroute.com
M. service@uniqueroute.com

製版印刷——沐春行銷創意有限公司

總經銷——紅螞蟻圖書有限公司｜台北市內湖區舊宗路二段121巷19號
T. 02-2795-3656｜F. 02-2795-4100｜www.e-redant.com

ISBN——978-626-7262-28-3
初版——2023年7月
定價——390元

憶楊德昌 / 舒國治著 —初版. — 臺北市：有鹿文化 2023.7. 面；（看世界的方法；235）
ISBN 978-626-7262-28-3(平裝)　　863.55……………………… 112008746